AF343302

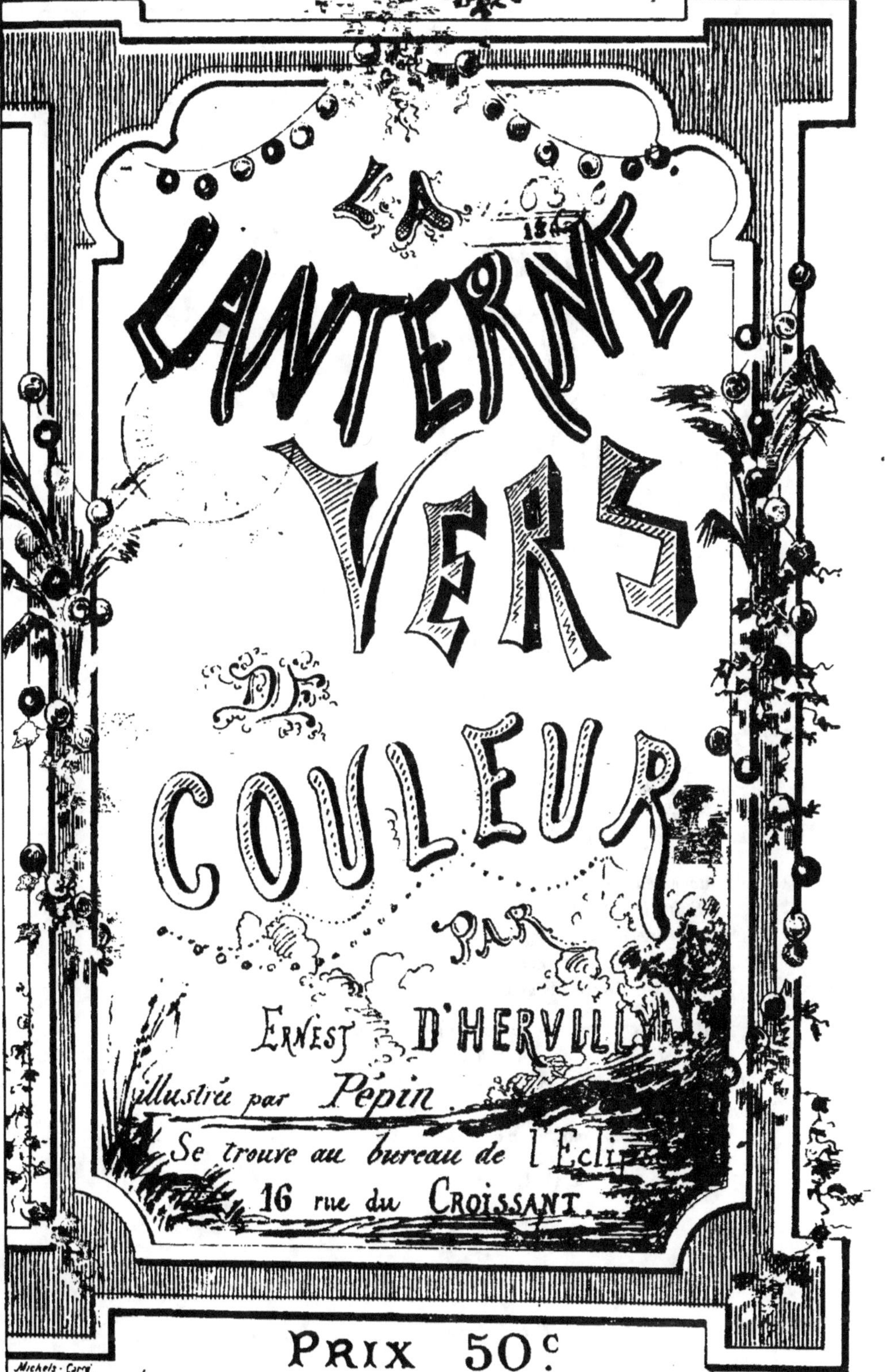

LA
LANTERNE
VERS
DE
COULEUR
PAR
ERNEST D'HERVILLY
illustré par Pépin
Se trouve au bureau de l'Écli...
16 rue du Croissant.
PRIX 50c
Michels-Carré

SPEECH AU PUBLIC

Des vers! — Et pourquoi pas? — Tout Français vacciné
   A le droit, je suppose,
Tapant sur l'abdomen d'Apollon étonné,
De lui dire, du ton d'un Meilhac déchaîné :
   « Mon vieux, à moi la pose! »

Or, puisque le remède unique à nos ennuis,
   C'est (pour l'usage externe)
Un pamphlet chaud et gai comme le vin de Nuits,
Moi, je veux, à mon tour, allumer, jours et nuits,
   Ma petite lanterne.

Une lanterne en vers! allons donc! quel travers!
   Soit; il est excusable en somme.
Assez de prose, assez! — Effeuillons quelques vers!
On sent trop le patois naturel, mais pervers,
   Du Bourgeois gentilhomme!

Oui, la Lanterne en vers — *de* couleur — *comme dit*
   Ci-contre notre affiche,
Va luire avec fureur sur ce Paris maudit!
Maintenant, libre à vous de m'appeler bandit.
   Quant à moi, je m'en fiche!

—C.—

MESSIEURS, ON FERME

Messieurs les Députés,
Vos instants sont comptés ;
« Huissiers faites faire silence ! »
Pour de plus doux objets,
Laissez-là les budgets,
Paniers dont on fit danser l'anse.

Plus de — très-bien — touchants !
Voici la clef des champs ;
Allons, bonsoir, bavards futiles.
Les couteaux à papier
Au — père des pompiers
Sont désormais bien inutiles !

Adieu, de Tillancoürt,
Qui n'es jamais à court
D'une atroce calembredaine ;
Adieu, fier Jubinal,
Qui défends qu'un journal
Ose parler de ta bedaine !

Allez, noirs avocats,
Examiner les cas
Pendables, au sein du prétoire ;
Retourne en ton hôtel,
Thiers par trop immortel,
Mirabeau-mouche de l'histoire !

La veuve et l'orphelin,
Sous le crêpe ou le lin,
Te réclament, ô Jules Favre;
Et vous, maître Picard,
La toque de trois quarts,
Allez-vous-en, de grâce, au Havre!

N'interromps plus, Bixoin;
Abandonne ton coin,
Vieux Pagès aux mèches fatales;
Bientôt la Droite, au loin,
Va remettre du foin
Dans ses bottes monumentales!

N-i-Ni, c'est fini,
O le moment béni!
Car dans les feuilles politiques,
Assommés de débats,
Les abonnés, par bas
Et par haut... (morts peu poétiques!)

Qui ne doit envier
Ton bonheur, Ollivier:
Tu peux enlever ta calotte!
Le jeune Darimon
Murmure : « Enfin, ô mon
« Dieu! je vais ôter ma culotte! »

Les Pereire, vieillards
Qui coupent les liards
En quatre, sont pleins d'espérances!
Ils trouvent les temps beaux;
Car, grâce aux paquebots,
Atlantiques étaient leur transes!

J'entends dire à Quertier,
Filant (c'est son métier) :
« Je vais revoir ma Normandie! »
Enfin chacun s'en va
Au pays qu'il rêva.
È finita la Comédie!

INTÉRIEUR PARISIEN

En entrant dans sa chambre on avait presque froid ;
La cellule d'un cloître eût été moins sévère.
Sous de petits rideaux se cache un lit étroit ;
Un brin de buis bénit sort, fané, d'un vieux verre.

Nul parquet ne vaudrait ce carreau rouge et clair ;
La commode en noyer fait honte au palissandre ;
Comme un voile d'oubli qu'on jette sur l'hiver,
Les fleurs dans le foyer ont remplacé la cendre.

Et puisqu'une fillette a besoin d'un miroir,
Au mur est accrochée une petite glace,
Grande comme la main, car ce n'est que pour voir
Si le bonnet coquet est gentiment en place.

Un doux parfum d'iris et de linge bien blanc
Grise le cœur ému de vagues souvenances ;
On revoit la famille et l'on pense, tremblant,
Aux pudeurs d'autrefois, aux jeunes innocences,

Pensif, dans cet Eden, on n'hésiterait point
A jurer qu'il abrite une vierge au front lisse,
Si l'on n'apercevait, oubliée en un coin,
Une carte portant ce mot fatal : — Police.

AVIS AUX DAMES

Par la température absurde qui nous mène,
Un caleçon en poche, à la rivière, il est
Un tableau pour lequel j'ai « les yeux de Chimène : »
C'est celui que nous offre, au soleil, le mollet
Exquis de toute dame errante, dans les rues,
A l'heure, où, lance au poing, les brigades accrues
Du grand Monsieur Haussmann, versent des torrents d'eau ;
Ce spectacle agréable et pervers assassine
Le cœur des jeunes gens, soit, mais je le dessine,
Ici même, en légers triolets : — Au rideau!

LE BAS DE JAMBE

Tombe au pied *de ce sexe...*
Legouvé.

Un bas de jambe est ravissant :
C'est une adorable promesse.
Un bas de jambe est ravissant,
Et comme Henri IV, l'on sent
Qu'un bas de jambe « vaut la Messe.

Les Neuf Sœurs, aux bords du Permeſſe,
En montraient dix-huit en dansant!
Un bas de jambe est ravissant,
Au Pardon, comme à la Kermesse.

Le bas est blanc, net, bien tiré ;
Noire ou prunelle est la bottine ;
Le bas est blanc, net, bien tiré.
Dans le fin soulier mordoré,
Chaque bas de jambe trottine
D'une façon chaste et mutine
Dont l'homme grave est attéré!
Le bas est blanc, net, bien tiré,
De la « grande dame » à... Justine.

Rouge, brun, bleu, vert, gris ou blanc,
Est le jupon qui le caresse ;
Rouge, brun, bleu, vert, gris ou blanc.
Et, murmure un Turc en tremblant,
Se soulevant avec paresse :
« Le pantalon de ma maîtresse
« Fait battre mon cœur indolent. »
Rouge, brun, bleu, vert, gris ou blanc,
Tout jupon provoque l'ivresse.

Mon cœur me quitte et court après
Chaque bas de jambe qui passe ;
Mon cœur me quitte et court après.
Vrai, je ne le fais pas exprès!
Que diable faut-il que je fasse!
Dois-je donc me voiler la face
Ou boire des calmants très-frais!
Mon cœur me quitte et court après,
Et son ardeur n'est jamais lasse.

A Paris, Séville ou Berlin,
Au Corso comme au parc Saint-James,

A Paris, Stockholm ou Berlin,
A New-York ou près du Kremlin,
Mesdemoiselles et mesdames,
Pour réjouir nos tristes âmes,
Montrez vos chevilles à plein,
A Paris, en Chine, à Berlin,
Sous un ciel sombre ou plein de flammes !

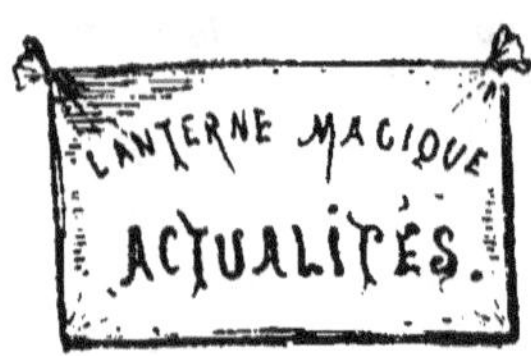

ACTUALITÉS

I

Bürger a tort : — « Ce sont les vivants qui vont vite ! »
Les grands hommes portefeuillés,
Astres pleins d'excellence, autour de qui gravite
Tout un vain monde d'employés,
Se succèdent ainsi qu'au large les marées ;
Le reflux efface le flux.
« Je n'ai fait que passer, poitrines décorées,
Hélas ! vous n'étiez déjà plus ! »
Vos fauteuils de velours, seuls, à jamais sont stables ;
Vos projets meurent intestat ;
Demain, d'autres viendront étaler sur vos tables
Les papiers timbrés de l'État.

II

Le cheval tient l'emploi du bœuf dans la marmite,
C'est bien, mais voici le cheval,
Seigneur ! que le pur-sang-vélocipède imite ;
Lui-même il aura son rival !

Les journaux, par milliers, s'impriment sans vergogne,
    Ils tombent, sous bande, à l'oubli ;
Qui les lit ? Je ne sais ! mais au bois de Boulogne
    Flotte au vent leur papier sali !
Stamir meurt, Bussy naît ! Ils gueulent... Le bruit cesse .
    Où s'en vont les mouchards fanés ?
Paris, leur ayant dit..... (comme fait la princesse,,
    On passe à d'autres condamnés !

III

Paris, estomac vaste, adore, en vrai Saturne,
    Manger les êtres qu'il forma :
Théodoros gobé, voici que de sa turne
    S'élance Djombé-Fatouma !
Cette négresse charme un instant sa tristesse.
    Soudain — nouveaux et purs émois —
On apprend que chez nous (la France est bonne hôtesse
    Reviennent les deux Siamois.
Ces jumeaux démodés chez les spécalistes
    Vont porter leur câble de chair,
Et prier des scalpels très-matérialistes
    De couper ce nœud, à pas cher;

IV

La distribution des prix — (Sonnez, trombone!)
    Et l'absurde discours latin
Demain, sous les plafonds de la vieille Sorbonne
    Vivront l'espace d'un matin.
Puis viendra le quinze août, puis les rubans de moire
    Du Moniteur officiel ;
Puis les vacances, puis... au diable la mémoire
    De tout ce qui meurt sous le ciel !
Mais, triomphant de tout, Capitale avachie,
    Tu verras toujours, sans effort,
Danser en ricanant : « l'hydre de l'anarchie. »
    Boquillon, Gill, et Rochefort !

PROJETS EN L'AIR

I

Au bois! au bois! au bois! — Fuyons la ville en feu!
Mes amis, allons voir si l'automne s'avance.
Qu'une blonde à l'œil noir, qu'une brune à l'œil bleu,
Marcheuse toujours lasse, estomac creux d'avance,
Vienne avec nous, là-bas, bravant le rude été,
Par les sentiers étroits aux verts tapis de mousse!

On aura du melon, du vin et du pâté,
Et « les dons de Cérès, » — un pain à croûte rousse!

II

Au bois! au bois! au bois! — oh! le riant tableau:
Mes amis, qu'il est doux le sein de la nature!
Oh! s'étendre dans l'herbe, à l'ombre, au bord de l'eau,
Tout le jour, et le soir, attendant la friture
Bien jaune où le persil met de jolis tons verts,
Tomber sur les biftecks sanglants sans crier gare!

On aurait du café, du cognac, et les airs
S'empliraient d'une odeur exquise de cigare!

III

Un attendrissement pur et sincère naît
Dans mon âme en faisant ce croquis plein de charmes;
Mon œil s'humecte... Amis, si je retiens mes larmes,
Au moins permettez-moi de verser un sonnet :

TRAHISON

Sonnet, c'est un sonnet

Plus suant qu'un fellah, plus rouge qu'une fraise,
Le foulard à la main, je courais le marché
Lorsque je t'aperçus, majestueux, obèse,
Melon insoucieux dans la paille couché!

Le soleil te cuisait, et tu te crevais d'aise,
Et tes côtes saillaient, monstre au sol arraché,
Comme les durs biceps de l'Hercule Farnèse,
Ou comme un sein flamand par Rubens ébauché !

Tu me stupéfias! — Puis j'abordai ton maître.
Longtemps, de part et d'autre, en juif, on t'insulta ;
Mais je fis briller l'or... et le lâche accepta!

Et le soir, au moment où mon plat allait être
Un autel inondé des flots de ton sang pur,
L'acier grinça trois fois : — « Il n'est pas assez mûr !! »

LA FLEUR NOIRE

I

Vallès, oui, c'est un fait licite,
Se félicite,
Journellement,
De préférer les sels anglais au sel attique
Absolument.
« A bas tous les débris géants du monde antique ! »
Dit-il,
Quand il s'ouvre la nuit, fleur au sombre pistil.

II

Vallès, d'une façon amère
Parle d'Homère,
Journellement,
Il s'écrie en jetant au feu quelque Iliade :
« Ce vieillard ment! »
« Courbet, as-tu connu la Vénus Coliade ? »
Dit-il,
Quand il s'ouvre la nuit, fleur au sombre pistil.

III

Vallès, n'ira point à Carthage,
Pas davantage,
Journellement,
A Sparte, pour pleurer, songeant à Babylone,
Abondamment!
« Tout ça, c'est de la blague ; on vous en coupe à l'aune ! »
Dit-il,
Quand il s'ouvre la nuit, fleur au sombre pistil.

IV

Vallès, comme la jusquiame,
Offre son âme
Journellement
A la lèvre des gens que le poison attire
Trop fréquemment.
« Sous les hêtres touffus j'aurais tué Tityre ! »
Dit-il,
Quand il s'ouvre la nuit, fleur au sombre pistil.

V

Vallès pourtant, j'aime l'entendre,
Est un cœur tendre,
Journellement,
Un cœur pudique et doux ; c'est par crainte qu'il voile
Son sein charmant.
« J'ai bu, dans ma jeunesse, une larme d'étoile ! »
Dit-il,
Quand il s'ouvre la nuit, fleur au sombre pistil.

———

LE CONSTITUTIONNEL

C'est bien entendu, Juste Lipse,
Vivant,
Parbleu! — dévorerait l'Éclipse
Souvent;

Tout bon jeune homme, fût-il Osque,
C'est clair,
Sait choisir, joyeux, dans un kiosque
L'Éclair;

Et, si c'était dans leur nature,
Les lois
S'adouciraient à ta lecture,
Gaulois;

Pour avoir le droit de vous lire,
Débats,
Plusieurs vendraient, sombre délire,
Leurs bas!

Le Charivari qu'on achète,
Véron,
Certes, eût fait rire en cachette
Néron;

Et tout le monde, même un faune
Velu,
Répond, satisfait du Nain Jaune:
« J'ai lu. »

Le Figaro *séduit les anges,*
    Très-fort!
L'enfant a besoin dans ses langes
    Du Nord;

J'en connais qui pour ta Revue.
    Buloz,
Commettraient bien une bévue,
    L'œil clos;

Le Siècle *même qu'on conspue*
    En vain,
Plait à la masse, bien qu'il pue
    Le vin;

*L'*Indépendance Belge *charme*
    De loin
Trois abonnés, dont un vieux carme
    Sans soin;

Dans la Lanterne *il pleut sans cesse*
    De l'or;
Chez Veuillot, *on court à confesse*
    Encor;

*A l'*Artiste *couleur de rose,*
    Parfois
On a vu réclamer, en prose,
    Un mois;

Le Pays, *comme la galette,*
    Se vend;
La Liberté, *rude fillette,*
    Se prend.

Mais il est un journal, emplâtre
    D'ennui,
Qui ne rend personne idolâtre
    Pour lui;

Non, ce papier trop ridicule
N'a pas,
Pour la foule à flot qui circule,
D'appas ;

Et c'est la gazette fatale,
Ohé !
Où Baudrillart vivant s'étale,
Cloué,

L'organe des bourgeois à panse,
Hautains,
Qu'un casque à mèche récompense.
Crétins !

BADE & TROUVILLE

Le bataillon des grues
De Paris disparues
Aux premiers jours d'été,
En ce moment gambade
Dans Trouville ou dans Bade,
Avec légèreté.

A leurs bottines hautes
Elles traînent les hôtes
Farouches des hôtels ;
Grâce à leurs artifices,
Ils font des sacrifices
Sur leurs charmants autels.

La plage ou la roulette
S'émeut à leur toilette
Quotidiennement ;
Les croupiers et les raies,
Seuls, aux robes à raies
Ne font nul compliment.

Mais en vestons splendides,
Des jeunes gens candides
Et d'excellents vieillards
Portent, fiers, devant elles
Leurs manteaux de dentelles,
Si bons pour les brouillards !

Des chiens microscopiques
Éclos sous les tropiques,
Les suivent en toussant ;
Ils flairent, périssables,
Les gazons et les sables
Qu'ils souillent en passant !

Les doigts fins de ces dames
Cueillent toutes les âmes,
Tous les louis aussi ;
On peut voir sur leurs listes
Des noms de journalistes,
Mais c'est rare ceci !

Un bon cru, l'ambroisie !
Charmant la poésie,
Sous les grands arbres verts !
Mais peut-on tirer d'elle
Le bois et la chandelle
Qu'exigent les hivers ?

Donc, le clan des cocotes
Qui trempe des biscotes
A midi, dans son lait,
Loin de la Grande Ville
Dans Bade ou dans Trouville
Charme le sexe laid !

Ernest d'Hervilly

IMPRIMERIE PARISIENNE
Dufour et C⁰ boulevard Bonne-Nouvelle, 30 et impasse Bonne-Nouvelle, 8.